荒野求生
中国大冒险

瘟疫惊魂

[英] 贝尔·格里尔斯　著　王欣婷　译

BEAR GRYLLS

湖南文艺出版社
HUNAN LITERATURE AND ART PUBLISHING HOUSE

小博集
BOOKY KIDS

著作权合同登记号：图字 18-2023-126

图书在版编目（CIP）数据

瘟疫惊魂 /（英）贝尔·格里尔斯著；王欣婷译
. -- 长沙：湖南文艺出版社，2023.9
（荒野求生·中国大冒险）
书名原文：Chinese Adventures Stories 3:
Disease
ISBN 978-7-5726-1284-8

Ⅰ．①瘟… Ⅱ．①贝…②王… Ⅲ．①儿童小说—中篇小说—英国—现代 Ⅳ．① I561.84

中国国家版本馆 CIP 数据核字（2023）第 121288 号

上架建议：儿童文学

HUANGYE QIUSHENG ZHONGGUO DA MAOXIAN WENYI JINGHUN
荒野求生 中国大冒险 瘟疫惊魂

著　　者：［英］贝尔·格里尔斯
译　　者：王欣婷
出 版 人：陈新文
责任编辑：匡杨乐
监　　制：李　炜　张苗苗
策划编辑：马　瑄
特约编辑：张晓璐
营销编辑：付　佳　杨　朔　付聪颖
版权支持：王媛媛
版式设计：马睿君
封面设计：霍雨佳
封面绘图：冉少丹
内文绘图：段　虹
内文排版：金锋工作室
出　　版：湖南文艺出版社
　　　　　（长沙市雨花区东二环一段 508 号　邮编：410014）
网　　址：www.hnwy.net
印　　刷：三河市鑫金马印装有限公司
经　　销：新华书店
开　　本：875 mm × 1230 mm　1/32
字　　数：57 千字
印　　张：4.5
版　　次：2023 年 9 月第 1 版
印　　次：2023 年 9 月第 1 次印刷
书　　号：ISBN 978-7-5726-1284-8
定　　价：22.00 元

若有质量问题，请致电质量监督电话：010-59096394
团购电话：010-59320018

贝尔·格里尔斯的求生小提示

灾难当头，想要活下去，你必须：

1. 一定要保持绝对的冷静。

2. 利用好手边的一切物品，物尽其用。

3. 随时了解你身边的环境，熟悉地形，以便危急关头用最快速度找到逃生之路。

4. 如果还有其他选择，不要贸然进入漆黑的陌生环境。

5. 仔细观察，及时发现周围潜在的危险，并立刻远离。

6. 撤离危险区域时，要动作迅速，但决不能奔跑，防止摔倒。

7. 每人每天至少要喝两升水，在极端环境下尤其要注意，防止脱水。

8. 处于未知环境时，最好结伴活动，不要落单。

9. 有时候原地等待救援，也是一个不错的选择。

最后一点，也是最重要的一点，
永远不要放弃求生的希望！

目　录

第　一　章　　致命的冰激凌　　　　　　　1

第　二　章　　地图和扳手　　　　　　　　7

第　三　章　　动脉和静脉　　　　　　　　14

第　四　章　　百分之百安全　　　　　　　20

第　五　章　　合适的装备　　　　　　　　25

第　六　章　　动物走过的路　　　　　　　30

第　七　章　　营地　　　　　　　　　　　34

第　八　章　　锯木头　　　　　　　　　　38

第　九　章　　每一滴水都要煮开　　　　　42

第　十　章　　呼叫医生　　　　　　　　　47

第十一章　　用 T 恤喂水　　　　　　　　51

第十二章　　医护人员　　　　　　　　　57

第十三章　　直升机救援　　　　　　　　60

第十四章　　下一个患者　　　　　　　　64

第 十 五 章　　　身体检查　　　　　　　68

第 十 六 章　　　下一个是谁?　　　　　75

第 十 七 章　　　净化　　　　　　　　81

第 十 八 章　　　新地图　　　　　　　88

第 十 九 章　　　发现规律　　　　　　94

第 二 十 章　　　躲雨　　　　　　　　98

第二十一章　　　看不见的网络　　　103

第二十二章　　　跟着主水管走　　　108

第二十三章　　　水坑　　　　　　　112

第二十四章　　　自流井　　　　　　117

第二十五章　　　致命的水流　　　　121

第二十六章　　　在正确的地方挖沟渠　125

第二十七章　　　敬你们四个!　　　　131

第 一 章

致命的冰激凌

交通拥堵，车子已经十分钟没有移动了。

爱玛的妈妈苏·托马斯在开车，她不耐烦地敲着方向盘说："好吧，我可以给你们讲两个真实的故事。一个是开心的，一个是悲伤的，想听哪个？"

爱玛和她的朋友顺蕊坐在后座，她们互相看了看对方。她们正要去参加一个徒步旅行的活动——如果车还能继续向前开的话，登山包和露营装备都已经放在后备厢了。堵车太严重；大家都没什么可聊的了，唯一的"风景"就是前面车辆的屁股。

"为什么不都讲给我们听呢，妈妈？"爱玛建议。毕竟什么都比堵在路上有意思。

"但先给我们讲悲伤的，"顺蕊补充，"这样就能以开心的故事结尾。"

苏透过后视镜对她们笑笑。

"好的，悲伤的故事是关于一个女人的，她不小心用冰激凌杀死了五十个人。"

"真的吗，妈妈？"爱玛不敢相信地说。

"用冰激凌？"顺蕊问，"怎么做到的？"

"啊，好吧……"苏开始讲故事，"她叫玛丽·马龙，一百年前在纽约工作，给有钱人家当厨师。"

"这时候，纽约的富裕人家开始染上一种严重的疾病，叫伤寒。患伤寒的人会头痛、发烧，感到虚弱和疲惫。如果治疗不当，有的人可能会死去。一般情况下，只有穷人会得伤寒，因为他们住在拥挤肮脏的环境里。但是现在富人也开始得这种病了！"

"有关部门调查了这些富人，然后发现了一个共同点。除了有钱，他们还都请了玛丽·马龙做厨师。"

"车子动了，妈妈。"爱玛打断了苏，"不好意思。"

苏松开刹车，车子向前移了三米，然后又停下了。苏继续讲故事。

"玛丽很小的时候得过伤寒，但她自己并不知道。她的病情很轻，她以为只是普通流感，也没跟任何人说过。但她不知道其实她的病是有传染性的，细菌通过她进入她准备的食物里，她的雇主都因此染病。没人知道该如何阻断病情传播，只好把她隔离起来，这也是为了大家好。

"但她一直不相信自己会传播病毒，很多人也非常同情她。所以她被释放，人们要求她只要不再当厨师就行了。可她只会做饭，没有其他谋生的手段，于是她改了名字，又开始当厨师。这样一来，人们又开始得病。最终她被抓了起来，并再次被隔离，这一次是终身的。这对她来说很悲惨，因为具有传染性并不是她的错。不过，违反有关部门的命令，并因此让更多人染病是她的错。因为她，五十人不幸去世，还有几百人身染重病，不过后来这些人的病情有所好转。也是因为她，全世界的医生学到了一个新的词语——伤寒玛丽。如果一个人自己没有得病却能传染别人，我们就叫他伤寒玛丽。"

女孩们看着对方。苏说的没错，这是一个悲伤的故事。爱玛心想，在这次的旅途中，她们可要好好注意卫生。

然后她想到了什么。

"妈妈，这跟冰激凌有什么关系？"爱玛问，"你说玛丽·马龙是用冰激凌杀的人？"

"噢，对！玛丽的专长是做桃子味的冰激凌。

很显然，冰激凌是冷的，正好能保存伤寒病菌。她如果擅长做熟食的话，那么在烹饪的过程会杀死细菌，也就没有人会生病，大家都能开开心心了！"

"好吧，这个故事真的让人好难过。"顺蕊说，"现在可以听开心的故事了吗？"

"当然……哦，等等，我们又可以走了。"

前面的车已经开始移动，苏挂好挡，跟了上去。先是慢慢地，然后逐渐加速，最后终于能以正常速度行驶了。

她们都欢呼起来。

"这就是堵车的原因。"爱玛指着窗外说。马路上有一个满是水的坑，坑已经被围起来了，旁边有一些穿橙色工作服的工人。

"一定是水管裂了。"苏说，"又是地震带来的损害。"

女孩们点头表示同意。虽然四川常有地震，但就算以当地的标准为参考，最近的这次也是很严重的。震后还有很多重建和修复工作要做。

"至少我们有充足的雨水。"顺蕊说。漫长而炎热的夏天过后，开始下雨了。然后下啊，下啊，下啊，下啊。爱玛以前从没在季风区住过，但这样多雨的时节在四川的这个地区是很常见的。不过接下来几天应该不会下雨，所以由少先队组织的徒步活动照常举行。

"所以，开心的故事是什么，妈妈？"爱玛问。

"嗯，这个故事是关于一个男人的，他用一张地图和一把扳手拯救了几百条生命……"

第 二 章

地图和扳手

苏一边开车一边讲故事，她们很快就要到目的地了。

"这个男人叫约翰·斯诺，他生活在 19 世纪的伦敦。"苏说，"你们有谁听说过一种叫霍乱的疾病吗？"

"我听过。"顺蕊说，"它很危险吗？"

"非常危险。"苏说，"它通常引起呕吐还有……这么说吧，你身体里的东西会从任何可以排出的地方排出来。患者最终会脱水而死，因为体内所有的水分都流失了。严重的情况下，人在几小时内就会身亡。"

"人为什么会感染霍乱呢？"爱玛问。

"是因为喝了被污水污染的饮用水。"

"污水……"爱玛若有所思地说，"你的意思是……"

"没错，"苏语气轻快地说，"是任何从厕所里冲出来的东西。如果这些东西混入饮用水里，人们也有可能得霍乱。"

"好恶心！"爱玛和顺蕊异口同声地说。

"只可惜，"苏继续说，"那个年代的人们并不知道是什么引起了霍乱。大家都以为霍乱是通过空气传播的，跟一般感冒一样。然后，住在伦敦苏豪区的人突然开始感染霍乱，一周就死了五百人，非常严重。"

"到目前为止这个故事一点也不开心。"爱玛抗议道。

"啊，它会朝好的方向发展的。斯诺医生注意到了一些不寻常的事情。就在霍乱暴发地的同一条街上，有一个工人居住的旅店，那里挤满了人。如果霍乱是通过空气传播的，这样拥挤的地方应该会发生大规模的疫情。但是并没有，那里没有一个人被感染。

"所以……等等。"

她们要下高速了。苏拐到一条小路上，然后驶入茂密的树林，向山上开去。刚下过雨，树木青葱湿润，树叶闪着光。爱玛摇下窗户，车里马上充满了潮湿的泥土和树叶的香气。

苏继续讲故事。

"斯诺医生找到一张苏豪区的地图，在地图上标出每一栋有人感染霍乱的房子。他马上发现，所有的病例都集中在一个地方，那就是全区人取水的地方。而无人感染的旅店有自己的供水系统。所以，医生开始怀疑疾病的来源是水。"

"真聪明！"顺蕊说。

"是的，但是他没办法证明，也没有人相信他。然后，一个住在汉普斯特德区的女士也被感染了。这就奇怪了，因为汉普斯特德区离苏豪区有五英里①远，她是怎么感染霍乱的呢？谁猜猜？"

"她一定是喝了那个水泵的水。"爱玛猜道，"不过来五英里之外的地方喝水也太远了。"

"是的，斯诺医生发现她是在苏豪区长大的。她觉得那里的水比汉普斯特德区的好，所以每天都让人带一瓶苏豪区的水给她，最后一瓶就是疫情暴发的第一天拿到的。"

"这就是斯诺医生需要的最后证据，他确信是水的问题。于是医生用一把扳手把水泵的手柄给拆了，大家只好去别的地方取水。一夜之间，疫情就结束了。真相大白！果然，当人们开始调查的时

---

① 英里：英制中的长度单位。1 英里合 1.609 千米。

候，他们发现了什么？他们发现水泵离一个老旧的、漏水的下水道只有不到一米远，难怪水质这么差。"

爱玛认真思考了一会儿。她试图去想象那个年代的人的生活，她很庆幸自己生活在现代，人们对疾病有所了解，也知道它的源头。想象一下，一个美味的冰激凌，或是一杯清凉的水都有可能是死亡陷阱！当你过着安逸平静的生活，死亡却随时可能突袭。这太可怕了。

"我想他拯救的可不仅仅是苏豪区的人。"爱玛边想边说，"如果他让人们了解到疾病的源头，他就拯救了数百条生命，或者数千条，甚至数百万条。"

"所以这确实是一个开心的故事！"顺蕊表示同意。

"这也告诉我们，逻辑推理能帮我们做些什么。"苏说，"当然，我们还了解到了干净水源的

重要性。等我们回去，你可以问问弟弟关于水的
事情。"

"为什么问艾登？他在做什么？"顺蕊问。

"他在和爸爸一起参观当地的水电站。"爱玛
说，"爸爸要去看看在那里有没有修建绿色能源发
电站的可能。"

爱玛的父母都是可再生能源工程师，他们总在
寻找生产绿色环保能源的新方法。爱玛有点嫉妒弟
弟，她和艾登都想跟爸爸妈妈一样成为工程师，通
过自己的努力让世界变得更美好。不过，现在爱玛
最期待的是接下来的徒步之旅。

汽车颠簸着拐进树林里的一片空地，那里已经
有几辆车和一些等待的人了。女孩们跟爱玛和顺蕊
差不多大，也是少先队员，还有几个年纪稍长的共
青团员，她们是这次徒步的领队。年纪最大的女生
朝她们招招手。

"那是易茵。"顺蕊说，"她是负责人。"

车子停下了。

"我们到啦!"苏宣布。

第 三 章

动脉和静脉

　　艾登觉得自己穿着宽大的工作服的样子一定很傻。

　　他爸爸蒂姆，还有污水处理厂的经理也穿着工作服，不过经理的衣服是自己的，蒂姆的是从别人那里借的。他们找了一套最小的给艾登，但还是太大了，他只能卷起衣袖和裤腿。

　　但不管怎样，艾登很兴奋。之前蒂姆和经理一直在经理的办公室里谈话，他们聊了很长时间，对艾登来说实在无聊透顶。艾登本来是想听一听的，他知道内容很重要，但是他实在是听不懂，只能看着办公室墙上的地图来打发时间。地图上展示了从处理厂延伸出去的管道系统，它贯穿了整座城市。

事实上，艾登觉得管道就像人身体里的血管。他知道自己身体里有从肺部向全身输送新鲜血液的动脉，还有把使用过的血送回肺部清理的静脉。就跟这里一样，只不过这里的管道里流的是水，不是血。在地图上，他能看到干净的水是如何离开处理厂，污水又是如何回来进行处理的。

大人们终于开始实地调查了。现在他们三人来到一座高高的金属建筑物前，像是一个巨大的仓库。

"戴上这个。"经理说，他递给蒂姆和艾登一人一个口罩，"里面可能有被污染的水雾。准备好了吗？走吧。"他推开了门。

大楼里面有一片很大的空地，艾登猜测长度可能有足球场的一边那么长，或者更长。屋顶大概十五米高，空中的管道纵横交错就好似一片森林。地上摆满了机械设备和方形水箱，水从水箱里流入水箱之间的水泥沟渠。艾登看不到大楼的尽头，这些机器和管道挡住了他的视线。

"托马斯先生，艾登，整个系统就从这里开始运作。"

经理给他们看了一排漆成红色的金属粗管，它们垂直从地板伸出来。

"你们在城市里喝的每一滴水都来自这里。"经理自豪地说，"每一滴流入下水道的水都在这里汇集。有的是雨水；有的来自家庭用水，比如洗手池、浴缸……"

"厕所？"艾登问。

"对的，还有厕所。"

艾登心想，还好看不见金属管里面的东西。

"这些管道里的水已经被过滤过了，像木块、垃圾、儿童玩具等会损害机器的大件物品，都被挡在了一个金属格栅外面。下一阶段是这儿，沙砾室。"

管道到达艾登头顶的高度时，突然急转弯，然后接入一些巨大的圆柱形金属水缸，水缸像巨大的洗衣机那样振动着。

"在这里，水一圈一圈地转动，杂质被甩到机器的内壁上，让水变得更干净了。这些水又从桶的中心被吸走了。

艾登想象自己坐在游乐场里的旋转椅上的场景，椅子转动的时候，他总觉得自己被甩到了边缘。水里的脏东西也是这样吗？

管道从机器的底部出来，一直延伸到地板上。最终，清澈的水流进一排圆形的水池里。水池里的水已经满了，一只金属臂在水面上一圈一圈地划动。

"这就是我们所说的初级澄清池。"经理说，"金属臂正在刮走油脂，它们可以用来生产肥皂等产品。"

"肥皂？"艾登心想，"肥皂的材料来自从马桶冲下去的东西？太奇怪了！"

"其余仍在水里的颗粒会沉到水池底部。这个过程不需要能量或化学物质，只是靠重力的作用，然后干净的水流入曝气池。"

他们看见水从池子的边缘慢慢流出，流入一个水槽，然后顺着水槽流入一个满是气泡的水缸。水在这里翻滚着，就像一个非常强劲的按摩池。

"为了杀死细菌，这里面有几千个微型鼓风机，它们将氧气推入水中。"经理说。

艾登看着翻腾的水面，问道："氧气不是有益的吗？"

"啊哈！"经理拍了拍鼻子，"是又不是。氧气充满能量，如果在适宜的地方，比如我们的肺里，它就能为我们的身体提供能量。但如果用在其他地方，比如这里，氧气就会把细菌和其他脏东西撕成碎片，让它们变成沉淀在底部的污泥，我们可以用它们来制作肥料。现在，让我们来看看你们可能很感兴趣的东西……"

蒂姆和经理开始朝其他地方走去。艾登仍站在原地研究冒着泡泡的水面上方的管道，他突然想到了什么。

"爸爸！"他叫道，"我有一个主意！"

第 四 章

百分之百安全

大人们停了下来，回头朝艾登看去。出于礼貌，经理表现出有兴趣的样子，他估计不想对客人的儿子无理。蒂姆看上去则是真的很想知道艾登要说什么。

"是什么主意?"蒂姆问。艾登吞了一口口水，两个大人的关注让他感到紧张，但他得继续说。

"这个红色的管道上面写着'甲烷开采'。"艾登指着管道说。

"是的。"经理说，"在处理细菌的过程中也会产生甲烷气体，我们需要把甲烷吸走，因为它是易燃的，不然的话可能会引发大爆炸。"

听到"易燃"这个词，艾登给了爸爸一个大大的笑容，蒂姆马上明白了。

"干得好，艾登！我们来这里的目的，就是看污水处理厂如何为城市提供能源。但如果能利用甲烷的话，说不定我们能让处理厂为自己发电。"

经理很惊讶，但也很佩服艾登。他朝艾登笑了笑，蒂姆则用眼睛扫视了一遍设备，然后拍照、在平板电脑上做笔记。

"给你看看我自己之前设想的可以发电的部分。"蒂姆做好笔记以后经理说。

在靠近大楼尽头的地方，在泡泡池后面，水正在流入一台新的机器。

"到这个阶段，水大概可以安全饮用了。"经理说，"应该说百分之八十五安全，但还没经过消毒。"

他拍了拍机器的侧面。

"在这里面，紫外线会杀死任何仍在水里的物质。在这之后，水就是彻底消过毒的了，所有的微粒已被清除……"他笑了起来，"百分之百可以安全饮用。不过，托马斯先生，你看这儿。"

他绕到远一点的地方，拍了拍一排管道，它们连着紫外线处理机器，然后一直伸到地板下面。管道里有轻微的嗡嗡声，那是水在流动。

"在这之后，水会回到供水系统。"经理说，"一滴水从进入大楼到离开，整个过程需要一天到一天半的时间。就像你听到的，这个阶段的水流得挺快的，和总管道之间的距离大概是三十米。我在想，或许可以把水力涡轮机装在这里，利用水流发电？"

"是的……"蒂姆若有所思地说。艾登知道爸爸在想新计划的时候，就是这个表情。

艾登知道水力涡轮机如何工作。水流过它们，使涡轮机旋转，从而产生电。这是最环保的方式，不燃烧任何东西，也不产生二氧化碳。水力发电是蒂姆最喜欢的新能源，因为它非常高效。太阳能发电只能利用太阳百分之十五的能量，水力发电则可以利用至少百分之七十的水流能量。

对蒂姆来说，如果可以同时利用两种能源那就更好了。这里可以放水力涡轮机，还有燃烧的甲烷，污水处理厂可以用它们发很多电呢。蒂姆只需要想办法把这些东西联系起来就可以了。

与此同时，艾登在想别的事情。

"你之前说，这些水之后就能直接喝了？"他问经理。

经理骄傲地说："是的，很多污水处理厂把水排入湖里和河里，但我们的水直接流入饮用水系统。"

"所以，"艾登想了想，问，"我从水龙头里接出的每一滴水，之前已经被好几个人喝过了？"

他不确定自己是不是想知道答案，但经理还是回答了。

"没错！"他点点头，"但是你这样想，如果我们从自然界取水，比如湖里、小溪里，你喝的水也会被动物们喝过，还有可能有死鱼、腐烂的植物等等。这些水也需要经过处理才能喝。所以，我们的方法更加干净、高效。别担心，艾登，处理厂里的水百分之百安全。从你搬来这座城市的第一天开始，你就一直在喝我们处理过的水啦。现在还健健康康的，对吧？"

艾登脸上露出异样的表情，但经理的逻辑让他无法反驳。

"是的，"他同意道，"很健康。"

但他心里已经开始计划，回去后要如何跟爱玛或李强说这里的事了，一定要说得越恶心越好。

第 五 章

合适的装备

车子都开走了，只剩下女孩们在空地上。她们中有几个人把登山包放在地上，正在做最后的装备检查。爱玛不禁想，这有点太迟了吧，车子都开走了，就算真的忘了什么东西，也没法回家拿了。

易茵走到爱玛和顺蕊身边，面带友善的微笑说："你就是爱玛吧！这是你第一次来山里吗？"

她全身装着徒步装备，背上背着登山包。登山包看上去非常重，但她背起来就像背着羽毛一样，爱玛立刻很佩服。

"是的，第一次。"爱玛说。

"看上去你们的衣服和鞋子都很适合徒步。我可以看看你们带的其他物品吗？"

易茵打开爱玛的登山包开始翻看，爱玛有点紧张起来，她刚才还想着现在要回去拿东西已经晚了呢。

但易茵看完后，对她带的装备很满意。

"很好！"她认可地说，"你带的装备很合适。"

"哈哈，我是按照清单准备的！"爱玛松了一口气。易茵笑笑，帮她背上登山包。

爱玛的装备是她按照要求认真准备的，清单上的东西在她看贝尔·格里尔斯的节目时都已经有所了解。她的外衣轻薄但很结实，不怕被树枝和荆棘剐到，只有手和脸露在外面。现在天气温暖潮湿，爱玛本想只穿一件 T 恤。但她知道，出汗也比手臂被剐伤化脓好。她的脚上穿了厚羊毛袜和高帮徒步鞋，如果在崎岖不平的地面摔倒，鞋子可以防止扭伤脚踝。厚厚的鞋底是防滑的，可以防止她在湿滑的地面滑倒。帽子的帽檐很宽，能够遮阳挡雨，还能防止蚊虫靠近。

除此之外，所有的东西——衣服、鞋子、帽子——都是透气的，有利于排汗。"你一定会出汗的！"顺蕊曾笑着向她保证。哪怕她的登山包后面也有一块垫子，这样背起来比较透气，能让汗水迅速蒸发。要不然被汗浸湿的衣服就会在她背上来回摩擦，这可不好受。

爱玛和顺蕊这晚睡一个帐篷。爱玛现在背着帐篷，还有睡袋和一些其他的东西。顺蕊背了自己的睡袋、剩下的物资和一个小煤气灶。两个女孩的登山包重量差不多。

"好了！"易茵看了看表，叫道，"大家都准备好了，该出发了。我们会徒步几个小时，然后安营扎寨准备过夜。明天再从另一条路回来，你们可以赶回家吃午饭。到时候你们虽然会很累很臭，但也一定会有成就感。现在每个人都多喝点水吧。"

爱玛很愿意喝点水，她心想这会不会是易茵的测试，看看大家是不是把水放在容易拿到的地方。

爱玛和顺蕊的水瓶就放在侧边的口袋里，很容易拿到。她们还在包里放了更多的水。果然，有的女孩要放下包才能拿到水，易茵友好而坚定地指出她们怎么放才会更方便。

有些女孩带的是从家里装好水的水壶。爱玛和顺蕊的是从商店里买的瓶装水，之前还没打开过。爱玛拧开水瓶，喝了几大口清凉的水。

"都喝好了？"易茵做了最后的检查，"好的，出发！"顺蕊和爱玛相视一笑，与大部队一起朝树林进发。

小贴士

野外徒步时，水要放在方便拿到的地方。

小贴士

　　合格的野外着装：轻薄但结实的外套、厚羊毛袜、高帮徒步鞋、遮阳帽。

第 六 章

动物走过的路

一行人在参天的大树间行走，不过因为小径足够宽，爱玛能看到头顶的天空。看得出来刚下过雨：空气潮湿；树叶低垂，上面的水滴还闪着光。

当顺蕊问爱玛要不要来参加这次徒步活动时，爱玛马上就答应了。这是一次新的体验，爱玛喜欢新事物。这也是她来这儿之后第一次离开城市，这是一个全新的地方，她也是第一次看到乡村的面貌。

"四周倒也没什么可看的，"爱玛心想，"树挡住了大部分视线。"但她们在缓缓上坡，顺蕊说山顶的风景无与伦比。

爱玛的腿已经开始有点痛了，但她知道很快就会没事的。艰难地走在枯叶铺成的地毯上时，爱玛觉得登山鞋就像是自己脚的一部分，脚在鞋里很舒服，像是能一直走下去。

两个女孩都拿着登山杖，爱玛花了点时间适应，因为她习惯走路的时候手放在身体两侧。但贝尔·格里尔斯说过，用登山杖——一根棍子或者杆子，走路时能帮助你节省体力，因为它会在你前进时给你一点额外的助推力。这也是很好的有氧运动，你可以走得更远，更轻松。

徒步线路标志清晰，在大树和灌木丛之间蜿蜒。

"这里之前可能是动物走的路。"顺蕊若有所思地说，"一开始，有一只动物随意地在树林里活动，无意中发现了最好走的路。它推倒一些高灌木，让路更好走一些。然后下一个来的动物也走了同样的路径，它也推倒了一些灌木，让路更容易走了。如此循环。每个动物都沿着这条路前进，也都让道路变得更易通行。现在，也就是几百年后的今天，这就是一条给人走的徒步路线了。不过别担心，路很快就会变直了……"

小径缓缓向上。树林密密实实，遮住了周边乡村的景色，爱玛之所以知道是上坡，是因为她时不时就要吞咽口水，来缓解耳鸣带来的不适感。爱玛朝后看去，大家都已经很累了，女孩们排成纵队，易茵不停地让后面的人跟上。爱玛有点同情一个叫美秀的女生，她总是落在最后。

路越来越陡，连用登山杖都不方便了。没有人说话，所有人都只是坚定地一步一步朝前走。有好几次，美秀都需要别人的鼓励，才能努力跟上。

然后爱玛看见了前方的亮光和天空。树变得稀疏了，路也变平了。她们走出树林，来到一条平坦的山脊小路上，在她们眼前……

"看啊！"顺蕊自豪地说。

爱玛深吸一口气。

"哇！太美了！"

小贴士

登山杖可以在走山路时为你提供很多助力。

第 七 章

营地

在城市里的时候，爱玛就能看见远处的山丘。山丘有数百米高，她总得仰望着它们。

现在她跟一些山一样高了，有的山还在她的下方。只有在更远的地方，山才变得更高，像巨人一般朝西藏前进。她在书上看过，这些山丘最终会变成高大的山脉，成为喜马拉雅山的一部分。不过她看不到那么远。

有的山看起来像牙齿一样锋利，有的山更为平缓。它们都被树木覆盖，除了那些在地震中塌陷的部分——有的绿色树林之中有巨大的伤疤，泥土已经滚落到了山谷之下，只剩下陡峭的岩壁。

"我觉得我们应该休息一下了！"易茵宣布，"大家都辛苦了，喝点水，吃点东西。十分钟后再出发。"

几个女孩感激地坐到了地上。爱玛更愿意站着，这样腿不会变得僵硬。她迈着小步来回走了走，咕噜咕噜喝了很多水，啃了几块饼干，还饱览了美景。

"美秀，你还好吗？"顺蕊焦急地问。美秀之前突然晕倒了，现在正盘腿坐在地上。她几乎喝光了水壶里的水，看上去精疲力竭。

"别一下子把水都喝完了，美秀。"易茵走了过来，建议道。她不安地打量着美秀的脸，又重复了顺蕊的问题："你还好吗？"

美秀勇敢地点点头。

"我昨晚没睡好。"她说，"别担心，我能行。

我期待这次徒步很久了。"

爱玛和顺蕊都背上了登山包，准备开始下一段路程。顺蕊悄悄对爱玛说："美秀体力很好，一般不会走在后面的。"

队伍沿着山脊继续前进。她们的左边是树，右边是蜿蜒在群山之中的峡谷，每一个转弯都带来壮丽的景色。爱玛的腿，或者说整个身体都进入了徒步的节奏，她感觉好极了。

天快黑了，影子开始变长。夕阳西下，天空中洒满橘黄色的光。很快太阳就落到了山的另一边，投下锐利的树影。

易茵终于让大家停下了。她们过夜的营地是一片小小的平地，大概有一个网球场那么大。这儿的地上有很多石块，所以没有树。还有这儿离峡谷有一段距离，就算晚上有人摸黑上厕所，也不会掉下去。

搭帐篷很容易。爱玛只需要把帐篷放在地上，然后解开几个扣子，帐篷就自己成型了。帐篷是一个绿色的圆柱体，刚好够她和顺蕊并排睡在睡袋里。她们在帐篷外面铺了防雨罩，再插入地钉固定帐篷，总共耗时五分钟。然后就是做晚餐的时间了，这是爱玛盼望已久的时刻。

第 八 章

锯木头

　　顺蕊没用上她带来的小煤气灶。她、爱玛，还有几个女孩被派去捡木头，她们抱回了好多树枝、圆木和枯死的灌木。爱玛惊讶地发现，哪怕是刚下过雨，也不用在灌木和树叶下挖很深就能找到干燥的东西。

　　与此同时，大一点的女孩们已经清理出了一块空地，在空地上用石头围了一个圆圈。易茵示范给其他女孩看如何生火，不过爱玛之前已经从贝尔·格里尔斯的节目里学过了。先把一捆捆干枯的灌木放在最底下，然后放中等大小的木头，最后把一些圆木放在最上面。剩余的圆木放在一边，之后再添加进去。易茵在木堆的底部放了一些引火物，然后用火柴点火。引火物上方的空气开始闪烁，一束几乎看不见的火焰燃起来了。很快火就蔓延到了木堆的中央，烧着了枯叶和藤蔓，变成了清晰可见的橘黄色火苗。平静的空气中升起一缕烟。

突然，只听见一声巨响，几个女孩吓得跳了起来。"那只是木头里的水分变成了蒸汽，"顺蕊解释说，"水膨胀后让木头裂开了。"

没过多久，木堆就燃起了大火。女孩们把金属锅挂在火上，煮起了面条和肉汤。温暖浓郁的香气弥漫在空气里，爱玛的肚子咕咕作响。很快大家就围坐在火堆旁，吃上了能恢复元气、补充能量的食物。

太阳已经落山了，只剩下挂在天边的一抹红。红色之中有一些黑影，那是山脉所在的地方。篝火的光温暖而舒心，爱玛觉得有点累了，但也很满足。很快就可以钻进睡袋了，她期待地想。

"美秀！"易茵突然大叫起来，"你看起来很不好！"

美秀坐在火堆的另一边，她低着头，爱玛以为她已经在打瞌睡了。她现在才意识到，刚才一直听到一种奇怪的、类似抖动的声音，但是因为大家在聊天，她就没注意，原来那是美秀的呼吸声。这让爱玛想起了锯木头的声音，吱吱吱吱，吱吱吱吱。

易茵跑到美秀的身边，去摸她的额头。美秀的头抬了起来，爱玛看见她的眼睛都凹陷下去了。

易茵抓住美秀的手："你的皮肤像冰块那么冷！你得马上钻进睡袋。快，我扶你起来。"

易茵和另外一个女孩合力才让美秀站起来。突然，美秀的脸色变了，她紧紧抓住肚子。

咕噜噜！

传来一阵奇怪的咕噜声。

"美秀？你想吐吗？"

美秀吞了吞口水，摇摇头。现在看来，说句话对她来说都需要费很大的力气。

"我……我想……"

她突然挣脱另外两个女孩，冲进了灌木丛，然后传出了剧烈呕吐的声音。

小贴士

野外生火方法

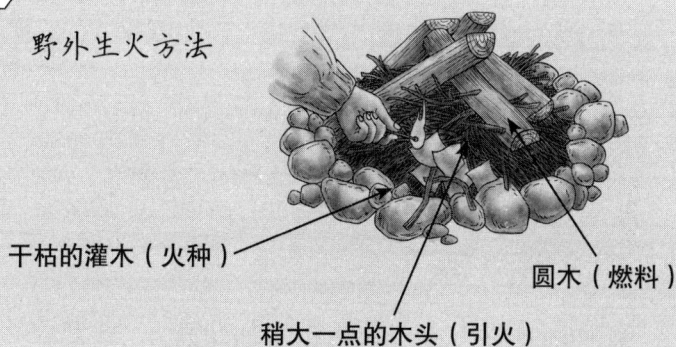

干枯的灌木（火种）

稍大一点的木头（引火）

圆木（燃料）

第 九 章

每一滴水都要煮开

爱玛和顺蕊平躺在睡袋里，眼睛看着帐篷顶。这是一个漆黑的夜晚，她们身处密林之中，位于峡谷之上。一切本应该平静安宁，适合睡个好觉，可她们根本睡不着。

外面很吵。帐篷四周都是急步走来走去的声音。易茵和其他女孩压低了声音在说话，也还一直能听到美秀因身体不舒服发出的异样的声音。

除了声音的影响，还有担忧的心情。

"我从没见过谁病得这么厉害。"顺蕊小声说。

"我也是。"爱玛也小声回答。她也不知道为什么她们要压低声音，应该没人能听见她们说话，而且大家肯定也都没睡。

"你觉得……"

顺蕊的话还没说完，帐篷的门帘就被拉开了，手电筒的光照了进来，她们不得不眯起眼睛挡住刺眼的光线。

"顺蕊!"黑影里是易茵的声音，"你有一个便携式煤气灶，是吗?"

"嗯，是的。"顺蕊说。

"很好。把它拿出来。"易茵离开了。过了一会儿，顺蕊和爱玛听见易茵跟另一个也带了煤气灶的女孩，说了同样的话。

顺蕊和爱玛迅速穿上衣服，爬到了帐篷外面。月亮、星星和手电筒的光足够让她们看清四周。火焰仍闪着红光，但所有的木头都用完了。

"美秀病得很重。"易茵对大家说，"我们还不知道原因。我们想，也许她是吃了什么东西？但我们都从同一个锅里吃了同样的东西，也没有其他人生病。"

"而且，美秀在吃饭前就有生病的征兆了，"爱玛心想，"她总是在队伍的最后，看上去虚弱无力。"

"我们唯一能想到的，"易茵继续说，"就是会不会是水的问题？美秀自己从家里带了水。我知道，你们其他人也从家里带了水。但我们尝试给她喝别人瓶子里的水后，情况似乎更糟了。所以，从现在开始，谁都不要喝没有煮沸的水。女孩们，我们必须煮沸每一滴带来的水。从现在起，我们只喝煮沸超过十分钟的水。开始烧水吧！"

这晚剩下的时间里，她们几乎都在做这件事情。

爱玛和顺蕊煮了四五锅水，直到易茵叫她们回帐篷，让其他人接手。没必要让每个人都熬夜工

疫情暴发后，要确保吃进嘴里的每一样东西都充分煮熟，尤其是饮用水，必须煮沸超过十分钟。

作，把自己累得筋疲力尽。

后来，爱玛觉得自己可能睡了一会儿，她也不知道。虽然身体在休息，大脑却一直高速运转。直到她睡眼惺忪地发现，太阳光已经透过薄薄的帐篷照进来了，太阳升起来了。

昨天晚上第二次进来睡觉时，爱玛和顺蕊都没换衣服。爱玛爬出帐篷，新的一天开始了。易茵站在空地的一边，眺望着峡谷，像是在认真思考着什么。

"美秀怎么样了？"爱玛问。易茵转过身来，爱玛看见她正拿着手机打电话。

"没有变好，也没恶化。"易茵简短地回答，然后用眼神告诉爱玛她正在跟别人说话。

"你好！是的，我们在户外徒步，位置是……"她给出了六位数的地图坐标，"我们需要紧急医疗服务。"

第 十 章

呼叫医生

"不知道爱玛现在怎么样了？"艾登说。

李强和艾登正坐在艾登家的餐桌上写作业，他们的父母都有事出去了，两人就互相做伴。艾登看着窗外的黑夜，如果他没记错时间的话，爱玛和其他女孩现在应该已经安顿下来，准备睡觉了。

李强正在写字，头也不抬地说："她肯定没在写数学作业。"

"我猜她一定玩得很开心。"

"我保证她正在思考问题的时候，不会有人说个不停。"

"呃，"艾登看看他写完的答题纸，又看看李强的，他的朋友还有两道题没做完，说，"不好意思。"

李强继续答题。

艾登和李强各科成绩都很好，但艾登的数学更好一些。其他的学科他要用中文思考，要写拼音，但数字在所有语言中都是一样的。

李强的最后一题答到一半时，一阵猛烈的敲门声把两个男孩吓了一跳。

然后是门铃声。

然后敲门声和门铃声同时响起。

艾登和李强惊讶地看着对方，艾登起身去开门。

"你好……?"艾登打开门，想也没想就抬头往上看，因为一般大人的脸都在那个位置出现，但那里没有人。他听见低处有动静，低下头看见了一个五六岁的小男孩。

"曾医生在这儿吗?"男孩问。他的脸上满是泪痕,声音颤抖着,好像在努力忍住不哭。

"不在。"艾登尴尬地说,"曾医生住隔壁。"

"他出去了!没有人开门!"

艾登皱了皱眉头,这个孩子还好吗?

小男孩似乎不知道自己在想什么,艾登意识到有什么事情让男孩忧心忡忡。

"你好啊,辉清。"身后的李强说,他又告诉艾登,"辉清住在我们这一层。"

"奶奶病得很重!我来找曾医生,但他不在。"

艾登看看李强,又看看辉清,问:"你爸妈不能帮忙吗?"

"辉清跟奶奶住。"李强解释道,然后又对小男孩说,"或许你应该叫救护车?"

辉清摇摇头。

"奶奶不让。她说日本人入侵的时候没有什么救护车,她现在也不需要!救命呀,我不知道该怎么办……"孩子几乎要哭了出来。

李强和艾登互相看着对方。他们不是医生，怎么会知道要怎么办呢？

但艾登不忍心看到一个小孩子这么伤心，就说："好的，让我们看看能做什么。"

辉清带着他们一边往楼上跑，一边喘着气说："她早上还好好的。然后开始头疼，她说只是感冒。但现在……你们等下就知道了。"

他们匆匆穿过走廊，辉清一推开公寓的门，艾登和李强马上向后退了几步。

"啊！"艾登叫道。

公寓里的气味令人作呕。

"她在里面。"辉清把他们带到其中一间卧室。臭味更浓了，李强和艾登紧张地从门边朝里面看去，所见的景象让他们呆住了。

艾登吞了几次口水才遏制住想吐的感觉，然后小声说："李强，叫救护车。"

第 十 一 章

用 T 恤 喂水

　　“好的。”李强转身逃离公寓，艾登都来不及告诉他，这间公寓里也有电话。

　　艾登翻了个白眼，转身走进奶奶的房间。里面的味道像是凝固了一样，艾登不知道他应不应该穿过去。

　　“辉清，你有口罩吗?”艾登问。

　　“有的。”小男孩跑到客厅，不一会儿就拿来了口罩。艾登戴上口罩，小心翼翼地走进奶奶的房间，辉清跟在他身后。

　　老人家躺在床上，床单上全都是……一些东西，艾登努力不想那些是什么。但从味道上判断，应该是呕吐物，或者更恶心的东西。

　　她看起来就像艾登想象中的死人的样子：皮肤苍白如纸；眼珠深陷在眼眶里，好似两个黑洞；头发拧成一团，全是汗水。她的头动了一下，艾登这才确定她还活着。

　　深陷的黑眼珠看到了艾登，嘴唇微微翕动，艾登不知道她说了什么。他只好走得更近一些，把耳朵凑到她的嘴边。

　　"水。"她用呼吸吐出一个字。

　　"辉清，给她一些水。"艾登指示道，小男孩看起来又要哭了，"我试过了！没用！"

　　艾登盯着他说："去拿一些水来！"

　　小男孩吓坏了，什么都做不了。

　　艾登强迫自己拍了拍老人家的手，她的皮肤跟刚从冰箱里拿出来的鸡蛋一样冷。

"我去帮你拿点水，奶奶。"他承诺道。

艾登从辉清身边挤过去，跑到厨房，很快找了一个玻璃杯，然后倒了水。

"奶奶，给你。"他有礼貌地说。他轻轻抬起老奶奶的头，用另一只手喂奶奶喝水，杯子慢慢倾斜，水流进奶奶的嘴巴和喉咙。水倒完后，艾登再把奶奶的头放回到枕头上。她的表情没有任何变化，看起来还是像死人。但她的呼吸似乎有力了，艾登告诉自己，这是好事。

"好的……"艾登站起身，又看了看床上虚弱的身躯。可以让她躺在这么脏的地方吗？救护车还有多久才会来？

奶奶的整个身体颤抖起来，然后是剧烈的呕吐，还好艾登及时避开了。刚才喝进去的那杯水全都喷出来了。

"我说过，没用的。"辉清喃喃道。

艾登咬牙努力思考起来。病人需要水，这他知道。如果床上的这些东西都是她排出来的，那她身体里的水分已经不多了。这很危险。

"对了，"他说，"我需要一些干净的布。你有吗？"

辉清茫然地看着他。

"比如一些衣服？"艾登不耐烦地说。

几分钟后，艾登把辉清的一件 T 恤泡在一碗水里。

他把衣服放在奶奶脸部上方，轻轻地拧了拧，几滴水落在奶奶的嘴唇上。她的舌头自动伸了出来，舔了舔水。艾登等待着，像是人生中最长的半分钟，奶奶并没有什么不良反应。他受到鼓舞，又拿起 T 恤，滴了几滴救命水。很显然奶奶一次只能喝这么多。

李强气喘吁吁地跑了进来："救护车要来了，他们说需要有人在大厅等着。"

"你去，"艾登头也不抬地说，"带上辉清。"他

在严重脱水的情况下，必须少量多次补充水分，不能一下子喝很多。

事后说，当时只是觉得辉清这个小男孩需要换换环境了。

"别担心，我会照顾她的。"艾登朝辉清笑笑。

艾登也不知道过了多久，他的世界只剩下两个人，他和奶奶。他只需做一件事，那就是给奶奶喂水。一滴一滴地，一整碗水都进入了奶奶的身体里，而且没有再流出来。

之后艾登感觉到身后有人在走动，一只手搭在他的肩膀上，坚定而温柔。

"接下来就交给我们吧，孩子。"

第 十 二 章

医护人员

奶奶被许多身穿深蓝色工作服的医护人员围住，他们忙着给她打点滴，把她抬到担架上。有社工会照顾辉清，李强和艾登没有别的事情能够帮忙，可以离开了。

"我想……我就直接回家了。"李强轻声说，他听上去跟艾登一样筋疲力尽，他们都从没见过病得这么重的人，"我明天再来拿我的东西。"

艾登完全忘记了他们的数学作业。

"没问题。"他说，然后两人就各自回家了。

艾登关上家里的大门，鼓起腮帮子，大叫了一声"天哪"。接着，他朝厨房走去，一推开门，发现有人在里面……

"啊！"他大叫着后退几步。

"是我们。"苏说，"我们也住在这里，你还记得吧？"

"我们刚回来五分钟。"蒂姆说，"刚还在想你去哪儿了呢。你是去李强家了吗？"

艾登呆呆地看着他们。刚才发生的一切还在脑子里打转，他根本无法平静下来，他不知道从何说起。

"你出去的时候应该留一张便条，记得吗？"苏又说。艾登仍然只是看着爸爸妈妈，他们开始有些担心了。"怎么了，宝贝？"苏问。

艾登把发生的一切告诉了他们。

说完后，苏紧紧抱住了他。

"天哪。"苏说，"我都不知道该说什么了。"

"听上去你可能救了老奶奶的命。"蒂姆说，"我们非常为你骄傲，做得好。"

虽然艾登的心情仍然没有平复，但他慢慢感觉好一些了。

"至少爱玛这次没受到影响。"苏补充道。

第 十 三 章

直升机救援

其中一个女孩的帐篷防潮垫铺在地上。防潮垫的两边有一些洞，是用来打地钉的。洞上有金属孔加固，用于保护布料。

现在金属孔有了另外的用处。易茵将帐杆穿过两边的金属孔，这样她们就有一个带把手的担架了。

几个女孩帮美秀躺在防潮垫上，防潮垫的材料很结实。爱玛和顺蕊抓住一根帐杆的一端，另外三组女孩分别抓住其他的三端。易茵示意了一下，大家一起抬起担架。

营地已经收拾干净了，其他人也打包好了行李，不用抬担架的人都背了两个包。篝火的余烬也用干土掩埋了起来。

"走这边。"易茵疲惫地说，之后一行人走进了树林。

抬着担架在树林里穿行让爱玛感到十分笨拙，脚下不再是像之前那样整齐的小径，她们需要用最快的速度到达集合点。树木长得密密实实，抬着担架并不容易通过，爱玛和顺蕊老是踢到对方的脚后跟。

"对不起！"

"对不起！"

后来她们也管不了这么多了，不再道歉，只是集中精力保证美秀的安全，哪怕这让她们又多了几处擦伤和淤青。

过了半小时，她们刚掌握了行进的诀窍，目的地也到了。这是树林里的一片大空地，比之前的营地还要大，还要平整。她们已经能听到远处直升机螺旋桨的呼呼声了。

声音越来越大，直到她们身体的每一根骨头也跟着震动。突然，直升机出现了，从低空飞过树林。它全身漆成白色，两侧印着鲜红的字母。

易茵伸出双臂站在空地正中，直到她确定他们看到了她。易茵穿着亮色的冲锋衣，爱玛觉得应该不难看到她。易茵又回到树林里，等着直升机降落。螺旋桨带来一阵旋风，刮起地上的叶子和树枝，女孩们都转过身去，以便更好地保护自己。

直升机降落后几乎填满了整个空地，就像一只巨大的金属昆虫。医护人员抬着真正的担架从直升机上跳下来，匆匆跑到美秀所在的位置。他们蹲在美秀的身边仔细检查，查看她的嘴巴和眼睛，量她的脉搏。然后他们点点头，把她移到担架上，再抬着她回到直升机上。

直升机发动机的声音很吵，大家都无法正常交谈。医护人员把美秀的担架放在直升机后面，然后自己也爬了进去。一分钟后，随着发动机更响亮的轰鸣声，直升机回到空中。女孩们又缩了回去，树林里的东西又如暴风雪一样打到她们脸上。

当大家又可以互相听见对方的声音时，易茵说："快点，每人都喝点白开水，我们要出发了，接我们的地方离这里大约还有一小时的路程。"说完，易茵疲惫地环顾了四周，爱玛看着很心疼。这位姐姐是非常优秀的领队，事情变成这样并不是她的错。

易茵挤出一个勇敢的笑容。

"我跟你们保证过，午饭前可以回家，只是没想到这么早。"易茵说，她带领大家走进了树林。

小贴士

野外露营后，篝火需要用干土埋好，防止复燃。

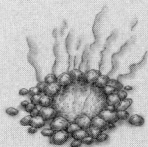

第 十 四 章

下一个患者

　　大家沉默无言，只是安静地走着，没有人有心情聊天。爱玛不知道为什么自己的心情会这么沉重，又不是有人死了。大家都见过病人，自己也都生过病。谁没在家里吐过？谁没拉过肚子？

　　但是，美秀的病总让人觉得不对劲，这种感觉非常强烈，就像是一次袭击。

　　易茵的电话突然响了，她马上接了起来。

　　"喂？是的，谢谢。"

　　然后她只是安静地听着，大概有一分钟的

时间。最后，她说："好的，我明白了。好的，再见。"

她挂了电话。

"美秀已经在医院了。"她跟大家说，"他们说她会没事的。"

在这之后，气氛缓和了一些，女孩们又开始三三两两地聊天了。爱玛注意到易茵看起来情绪依然不高。那通电话的时间比她想象中长，如果他们只是说美秀没事的话，根本不需要那么久，他们还跟易茵说了什么？

队伍终于到了上车的地方，一辆有医院标志的小巴停在路边的空地上。大家都期待着父母来接自己，可是四周并没有其他人。爱玛和顺蕊在路上来回张望，想知道家长们都在哪儿。

她们还没来得及问是怎么回事，易茵就宣布说："不好意思，计划有变。我们没法回家吃午饭了。我们要接受检查，你们的父母会到医院来跟你们碰面。"她的喉咙动了一下，她的脸在抽搐，像是吃了恶心的东西，又说："美秀的病……很严重。"

易茵那通电话之后大家滋长起来的好心情又瞬间消失了，因为"很严重"三个字。

两个大人从小巴上下来，扶着车门。他们都穿着医院的工作服，戴着口罩和防护面罩。爱玛开始感到紧张，他们是认为大家都得了美秀的那种病吗？可是只有美秀一个人病了，其他人都没事……对吧？

"天哪！"顺蕊深吸了一口气，她抓住爱玛的胳膊，指给爱玛看，爱玛顺着她的手看去，"天哪！"她重复道。

另外一个女孩——爱玛只知道她叫董梅——倒在了一棵树旁。她先是用一只手支撑着自己，然后双膝一弯，跌倒在地。她用手臂把自己撑起来，剧烈地呕吐起来。

呕吐物很清，几乎就像是水，跟之前美秀的情况一样。

大人们赶紧跑来帮忙。

"但……她只喝了煮过的白开水。"爱玛害怕地说。

"那是昨天晚上之后的事。"顺蕊担忧地说，"或许她早就生病了，只是现在才发作？"

爱玛记得美秀是从家里带的水。

"董梅跟美秀住得近吗？"她问道。

"一点也不近。"顺蕊睁大眼睛摇摇头。

第 十 五 章

身体检查

　　护士站在门口念写字板上的名字："爱玛·托马斯!"

　　爱玛和顺蕊对视一眼，爱玛站了起来。

　　"这里。"她说。

　　所有参加徒步活动的女孩都换上了病号服，一起待在一个房间里。房间里有电视和杂志可以看，但也仅此而已。护士一个接一个地把她们叫了出去，目前还没有人回来。

　　顺蕊捏了一下爱玛的手，"加油!"

爱玛心想："加油，这是别人要做困难之事的时候，你会对他们说的话。"爱玛感谢顺蕊的好意，可是她根本无法改变事情的结果。如果她得了这种病，嗯，她就真的病了。

所有的医生和护士都穿戴着防护装备。第一名医生问她过去三天都吃了、喝了什么，还有其他诸如此类的问题。她必须把每一样放入口中的东西都说出来，以及是什么时候、在哪里、和谁一起吃的。

下一名医生用耳温枪帮她量了体温。另外一名医生掀开她的眼皮，用灯照了照。最后一名医生用木质压舌板压住她的舌头，往她的喉咙里看。

然后他们给爱玛抽了血。除了紧张之外，爱玛觉得抽血的过程还挺有意思的。他们先把针扎到她的手臂上，针的另一边带有一个类似喷嘴的东西。扎针不怎么疼，只有你的注意力去想它的时候才会感到有点刺痛。然后护士把一个空塑料管插在喷嘴上。爱玛静静地看着自己的血灌满塑料管。之后护士又抽了两管血，然后拔出针头，给扎针的地方贴上创可贴。

到目前为止，检查都让爱玛觉得很尴尬，很不舒服。最糟糕的是医生要求她去上厕所的时候。幸好，她可以独自完成这个部分，但又发现了一个问题。

"没法冲水！"她隔着帘子对护士喊道。

"没关系。洗完手去旁边的房间。"

在爱玛前面接受检查的女孩们都在旁边的房间里。爱玛猜这意味着检查已经结束了，又要继续等待。大家比之前放松了，话也多了，但仍然有些紧张，毕竟还在等检查结果。谁都没忘记董梅的情况，她本来看起来一切正常，突然就不对劲了。

过了一会儿，顺蕊也进来了。两个好朋友坐在一起。

"我希望以后再也、再也不要做这些检查了！"

顺蕊宣布。

挂钟告诉她们，时间已经过了一小时。时不时地，护士会拿着写字板进来叫名字。她们无法得知对被叫到名字的女孩来说，这是好消息还是坏消息。爱玛猜想，如果谁被查出得了这种神秘的病，她们应该会被迅速送到医院的其他地方。那如果检查结果一切正常呢？会怎么样？穿着病号服被送回家？

然后护士又进来了。

"爱玛·托马斯！"

顺蕊又跟爱玛说了一次"加油"后，爱玛走进了一个新的房间。

"妈妈！"她叫道，"爸爸！"

爱玛跑进父母的怀抱。

"是不是说我可以回家了？"她紧张地看了一眼带她来的护士，护士笑着点点头。

"检查结果没有问题。"护士说，"医生很快就会过来跟你说明情况，然后你就可以走了。去换衣服吧。"

"他们通知我们要带一套干净衣服。"蒂姆说，床上放着一些为爱玛准备的干净物品，"你带去徒步的所有东西都被拿去检查了，你可以去床帘后面换衣服。"

爱玛求之不得。她一边换衣服，一边把之前发生的事情都告诉了父母。最后她说："做了那么多检查！至少说明我很健康，是吧？"

爱玛穿好衣服，从床帘后出来，爸爸妈妈的表情不太对劲。

"是吧？"她又问了一次。这次没那么有信心了。

"是的！"蒂姆赶忙表示同意，"对不起，不是故意让你担心的。"

"只是……其他的事情。"苏接着说，"艾登的事。还有其他的。"

"艾登!"爱玛深吸一口气,她从没想过还会有其他人生病,"他没事吧?"

"艾登没事。"苏赶紧安慰爱玛,"我们在回家的路上跟你说吧。"

"你也没事。"另一个声音说,一名医生正笑着站在门口,"有一种非常可靠、快速的检测方法,只需半小时就能知道结果。"

"做什么检测,医生?"蒂姆问。

医生的脸色沉了下来,"这个嘛,爱玛和爱玛的爸爸妈妈,这正是我要跟你们聊的。请坐。"

他们拉开椅子坐下,医生整理了一下笔记。

"我们做了一系列的检查。在全球化的今天,病毒和细菌可以在短短几小时内从地球的一端来到另一端。今天这个情况,根据那两个女孩的症状,我们很清楚具体要做哪几种检测。"

他叹了口气。

"我现在可以正式告诉你们了,反正你们很快

也会从别人那里得到消息。我们已经诊断出，那两

个跟爱玛一起徒步的女孩得了霍乱。"

第 十 六 章

下一个是谁？

当蒂姆说出"霍乱"这个词的时候，艾登正在喝茶。

他差点就把茶吐了出来。

"霍乱！"他大叫起来，"这个……呃，危险吗？"

托马斯一家已经回家了，一家人正围坐在餐桌前聊天，他们好像分开了很久似的。反正远不止二十四小时了。爱玛跟艾登说了徒步的经历，艾登也跟爱玛说了老奶奶的事，然后爸爸妈妈向艾登转述了医生的话。

"这种病非常危险。"苏说，"这就是为什么医生要给爱玛做那么多检查。那两个女孩，还有她们的家人，真可怜啊。"

艾登的脸色刷地白了。

"我跟那个老奶奶曾共处一室！"他小声说，几乎不敢大声讲出来，"我跟她呼吸了相同的空气……"

"别担心，霍乱不通过人传染。"爱玛说，"医生是这么说的，对吧，爸爸妈妈？"

"嗯……"苏思考着说，"不会直接通过人传染。"

艾登松了一口气，然后眼睛又眯了起来，表示怀疑："什么叫……不会直接？"

"这个嘛……"爱玛觉得有点尴尬，她想起了斯诺医生的故事，已经猜到了苏要说什么，"有人得了霍乱。然后，他们会去厕所，那么细菌就在他们的……"

"我想我明白了。"艾登说。

"然后那些东西进到了饮用水里,这就是让人生病的原因。"

艾登想象了一下人是如何感染霍乱的,感觉有点反胃。但过了一会儿他又笑了,然后如释重负地说:"那不可能是霍乱!"

"为什么?"蒂姆惊讶地问,"艾登,我觉得医生知道自己在做什么。"

艾登朝爸爸笑了笑。

"但是爸爸,污水处理厂!你记得吧?"然后他又对爱玛说,"那里太酷了!设备特别现代,都是全新的,我们喝的每一滴水都经过那里的处理。肮脏的马桶水是不可能从我们的水龙头流出的。不可能!"

"我理解你的意思。"爱玛说,"我之前都没想到。我们又不是在第三世界国家,或者 19 世纪的伦敦。我们在中国！整座城市都是新的！才建了几年。"

"不幸的是，这座崭新的城市刚经历了一场地震。"蒂姆指出，"我们都知道，地震会造成损害。"

艾登没说话，不情愿地点点头。他还记得他和李强一起经历的那场大火，那就是由地震造成的损害引起的。

"但是如果水被污染了，"艾登问，"为什么没有更多的人得病呢？为什么我们没有得病呢？我们跟奶奶喝的肯定是一样的水，我们住在同一栋楼里！"

"我不知道。"蒂姆实事求是地说，"我也没有答案。但在我们找到答案之前，我们都不要喝水龙头里的水了。我们连澡都不要洗，以防不小心喝到一点水。我们就用酒精湿巾擦身体吧。"

"酒精湿巾？"艾登无法想象连舒服地洗个热水澡都不行的日子。

蒂姆笑着说:"宇航员在宇宙飞船里就是这么做的。对我们地球上的人来说,应该也足够了。"

"好吧……"艾登嘟囔着。

蒂姆的笑容又消失了:"然后,我们只能等待卫生局的消息了。"

蒂姆伸出双手。坐在两边的爱玛和艾登一只手抓住爸爸的手,另一只手伸向妈妈。

"别担心,孩子们。"蒂姆握紧他们的手说,"你说的没错,这里是现代中国,这件事一定会很快解决的。"艾登和爱玛互相看看,他们知道爸爸是对的,这是一个现代社会。

但他们也止不住地想,霍乱怎么就无缘无故地出现了呢?

不知道什么原因,奶奶得了,但其他人却没有,虽然大家都住在同一栋楼里。

不知道什么原因,美秀和董梅也得了,尽管她们住得很远。她们喝的水一定来自不同的地方,而且董梅还是在水全都煮过以后才发病的。所以，霍乱的潜伏期一定很长。

　　谁会是下一个呢？

第 十 七 章

净化

爱玛渐渐习惯了蒸汽的味道。排气扇嗡嗡地响着，但厨房里仍然充斥着热水的味道。

她看着锅子里的水翻腾冒泡，想象细菌被高温杀死的画面。

烧水变成了一天当中一个小小的仪式。感到无聊的时候，爱玛就会去想那些在徒步中生病的女孩们，或者艾登口中关于楼上奶奶的事。为了避免那样的命运，她愿意做任何事。

"还有一分钟。"艾登报告，他在手机上计时。

"等爸爸妈妈从商店回来后，不知道我们能不能改用净水片。"爱玛说。

自从政府正式宣布霍乱暴发后，根本买不到净水片，每次一上架就会被人抢光。但政府也提供了如何安全用水的建议，第一个就是把水煮沸超过十分钟。今天是他们开始烧水的第四天，爱玛和艾登学会怎么做以后，爸爸妈妈去上班时，他们就负责烧水的工作。

"爸爸说净水片是安全的，但是会让水有一种恶心的味道。"

"是的。"爱玛表示同意。净水片用碘或氯等化学物质杀死细菌，就像是游泳池里的水一样。

而且爱玛必须承认，能够负责一件事的感觉很好。自从记事起，她都是一打开水龙头就能喝上干净的水。现在这不再是理所当然的了，得付出努力才能喝上。猎人捕猎到晚餐的时候，是不是就是这种心情？为之努力后得到的食物，味道更加美味。

计时器和门铃同时响起。艾登去开门，爱玛把炉子关了。不一会儿，艾登带着顺蕊和李强进来了，李强腋下夹着一卷纸。

"你们也这么烧水？"李强看到爱玛在做什么后，笑着说。

"是的。"爱玛说，"艾登，去把滤水器拿过来。"

艾登点点头，然后去了隔壁房间。

"我们家烧水可能比较快，因为只有三个人，我和我爸妈。"顺蕊说。

"我们也是。"李强附和道，"你们家有两个孩子，所以要烧四个人的水……你这是在做什么啊？"

爱玛从餐桌下拿出了滤水的工具。

"这看上去像……拿掉靠背的厨房高脚凳。"顺蕊说。

"哈哈，你说的完全正确。"爱玛笑着说。蒂姆拿掉了椅面，只剩下一圈圆形的边缘和三条凳腿。

艾登拿着一件干净的白T恤回来了，郑重地递给爱玛。爱玛把T恤套在椅子上，艾登用一些晾衣夹固定。

接着，爱玛在椅子下面放了一个碗，艾登把炉子上的锅端了过来。

"都怪这疫情，我们的朋友都疯了。"李强难过地说。

艾登咧开嘴笑了笑，然后双手抓住锅子的两个把手，装满水的锅还挺沉的。他无意识地把舌头伸出嘴角，全神贯注地把水倒到T恤上。水不是一次全倒出来，而是要慢慢来，足够让水从布料里渗下去，流入下面的碗里即可。

爱玛怕弟弟分散注意力，他正端着一大锅热水呢，就自己向李强和顺蕊解释说："我们俩还没出生的时候，爸爸妈妈在非洲的一个国家工作过，那里不像这里有清洁的水源。爸爸说他们经历过的疫情比现在这里的严重多了，所以那时候除了把水烧用干净的T恤过滤，可以快速获得干净的饮用水。

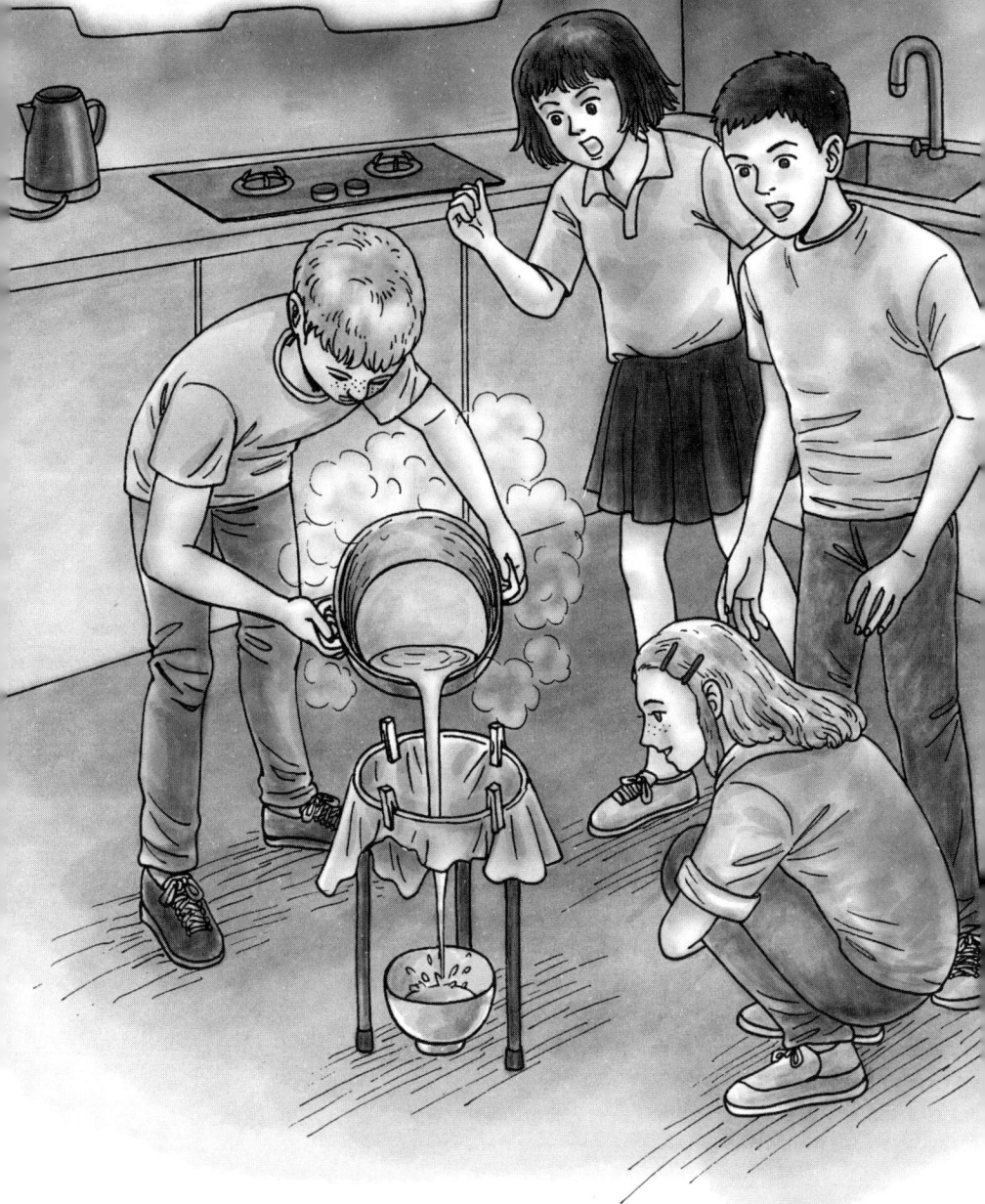

开，他们还有自己的净水步骤。"

艾登倒完了锅里最后的一点水。

"我们在过滤水。"艾登说，"爸爸说徒步露营的时候也可以这么做，或是在野外的任何地方。你只需要一件干净的 T 恤和接水的容器。"

"T 恤？"李强不解地问。

"布料的编织十分细密，"爱玛解释道，"纤维之间的孔非常小，可以过滤水中的杂质。"

"但如果 T 恤上沾了污垢，它不会传播病毒吗？"顺蕊问。

"我们每天都用高温清洗这件 T 恤，就跟用热水煮一样。"

"当然……"

爱玛拿起碗，把里面已经煮开、过滤的水倒入玻璃水壶。然后她把碗重新放到 T 恤下面，这样艾登就可以倒下一锅水。

"然后呢，"爱玛接着说，"我们把这壶水在阳

台上放二十四小时。如果里面还有杂质，它们就会
沉到水底，白天的紫外线会杀死剩余的细菌。在这
之后，我们再把水存放在冰箱里。"

"我们今天喝的水，就是昨天放到冰箱的。"
艾登一边说，一边小心翼翼地把第二锅水倒在 T
恤上。

"简单！"

李强和顺蕊互相看了看对方。

"真简单啊！"李强开玩笑地说，他拍拍带来
的那卷纸，"谁要一起来找病毒？"

第 十 八 章

新地图

他们已经过滤完水了，餐桌上又有空位了。李强在桌上打开那卷纸，大家都围了过来。

这是一张打印出来的城市地图，他们用空杯子压住了四个角。

"你之前跟我说过，那个英国的医生做了一张伦敦的病患地图。"李强说。

前几天爱玛跟李强说了关于斯诺医生的故事。

"我从我们市的网站上下载了这张地图。"李强继续说，"我们都认识那几个得了霍乱的人，对吧？我们一起标出他们的住址吧，或许也能像斯诺医生一样找到规律！"

艾登笑了，他指出："我觉得卫生部门应该也在这么做。他们有正规的健康档案，还有电脑呢。"

"我想也是。"李强笑着表示赞同，"但是，我们自己来调查不是也很有趣吗？这可是现代社会，如果一个生活在19世纪的英国医生都能做到，那我们也可以。"

朋友们互相看了看对方。

"学校倒是放假了。"顺蕊说。

"老师们肯定希望我们做些有意义的事情。"爱玛接着说。

"那就开始吧！"艾登宣布，"李强，第一个记号做在这里。"他手指着地图上他们住的这栋楼。

"楼上的奶奶。"

李强慎重地把他们住的大楼在地图上画了一个黑叉叉。

接下来是董梅和美秀，顺蕊和爱玛记得她们住在哪里，把她们的家也在地图上标记出来了。

四个好朋友认真地研究起他们做的记号。三个叉叉在城市的不同地方，形成一个三角形。

"没看出来有什么规律。"艾登说。

"只是三个病例而已，我们需要更多！"李强乐观地说。

"我把电脑打开。"爱玛说。

很快，爱玛和顺蕊就开始在本地新闻和社交媒体上搜寻名字。艾登把地图贴在厨房的家庭布告栏上，这样大家就可以很容易地看到了。女孩们时不时地说出一个人名或地名，男孩们再标在地图上。

"我们应该没办法找出每一个人。"顺蕊指出，"因为不是每个人都会对外宣布这种事情。"

"或者如果有人已经病到像我们知道的那几个人的程度了，他们肯定有比上网更重要的事情要做。"爱玛说。

瘟疫求生知识四

画地图可以有效帮助人们发现疫情暴发的规律，找到源头。

"没错，但还是继续找找吧。"李强敦促说，"只要努力，相信我们一定能找出线索。"

就在其他三个伙伴继续搜寻时，艾登拿出平板电脑做了一些不同的调查。他找到了要找的东西后，就把电脑放在桌子上。

"这是斯诺医生的地图。"他说。

大家饶有兴趣地围了过来。平板电脑上显示出19世纪中叶伦敦市中心的地图，上面散落着黑色的方块，那就是有霍乱病例的地方。他们马上就看出了斯诺医生看到的情况，方块在地图中间最为集中，那里就是水泵所在的地方，正是这个水泵把被污染的水输送给当地居民的。

他们又看了看自己墙上的地图，跟斯诺医生的很不一样。

"斯诺医生收集了几百个病例。"李强垂头丧气地说，"我们只有……"

"十一个。"顺蕊轻声说。

"还不太够，是吗？"他嘟囔着。

十一个病例没有集中在某一个点上，而是横跨城市，大致形成一条线。

爱玛不忍看到李强失望，就去冰箱里拿水壶。拿好水壶，她转过身又看了看地图。这时，她不由自主地停住了。她把头歪向一边，慢慢走近地图。

"是有规律的。"爱玛说，"如果你站得足够远的话。"

第 十 九 章

发现规律

大家互相看了看对方，又看了看地图，然后都向后退了几步。

艾登也学爱玛歪着头，试图找出姐姐看到的新东西。

"我想我能看到一条线。"李强说，"弯弯曲曲的线。"

"没错。"爱玛说，"所有病例都能连成一条线。"

她找到一把尺子，放在地图上。摆弄一会儿

后，在地图上画了一条线。大部分叉叉标记都在这条线上，或者非常靠近这条线。

看着这条线，艾登觉得自己想到了什么，脑子里像是有铃铛在摇。

"但还是没有一个中心。"李强说，"不像斯诺医生找到了水泵。"

"而且横跨了整座城市。"顺蕊的手指沿着线划过，"有的时候顺着街道，有的时候直接穿过楼房……"

"不是这样的。"艾登摇摇头，摇晃的铃铛已经变成了清晰的记忆，"线不是穿过房子，而是从地下过去。"

其他三人都看着他。"什么？"李强表达出了大家的疑惑。

"我见过这条线。"艾登解释说。

他的手指沿着这条线从头到尾走了一遍，一直到城市边缘，再到郊区山脚下的一座独栋建筑那儿。

"那是污水处理厂。"李强说。

"我就是在那里看到了管道系统的地图。"艾登说，"这条线是处理厂的主水管。主水管为全市提供饮用水，有几百条小管道从那里延伸出来。这就是为什么不同地区的人都能喝到水。"艾登抬起头，睁大眼睛说："一条为全市供水的主水管被感染了！"

"你的意思是……"李强惊恐地睁大了眼睛，"从污水处理厂流出来的水被污染了？这样的话，所有人都喝那里的水！所有人都会生病！"

"不是，"艾登赶忙说，"我们知道从处理厂流出来的水是干净的。但是在某个地方，污水混进去了，那个地方一定在距离污水厂最近的病例到污水厂之间。"

爱玛看了看地图底部的比例尺。

"那么，范围就缩小到一英里了。"她说。

"我们可以两人一组行动，"艾登建议，"李强和我从污水厂开始查，你们两个去最近的叉叉标记那里。我们朝对方靠拢，看看能不能找到原因。"

"我有一个问题。"李强不好意思地说，"虽然这一开始是我的主意，但如果我们找到目标，能辨认出来吗？我们知道导致霍乱的泄漏是什么吗？"

大家你看看我，我看看你，都只是耸耸肩。

"我们只能期望见到的时候能知道了……"爱玛说。

第 二 十 章

躲雨

　　李强之前已经又打印了一张地图，这样女孩们也有一张地图可以用。她们俩站在一栋看上去普普通通的公寓楼前，往上仔细地打量着它。

　　"主水管一定是从这里的某个地方进去的。"顺蕊说。

　　地图上，这栋楼在所有叉叉的最末尾，她们走了几条街就到了。

　　顺蕊说到"这里的某个地方"的时候，她指了指街道，然后又指了指大楼。管道在地底下，所以她们什么也看不到。

"我想我们可以先看看在哪个方位，然后再跟着走。"爱玛说。

她们开始顺着管道的路线图走，眼睛盯着地面，努力寻找任何……好吧，任何线索。

现在的天气是两场暴风雨之间才会见到的那种，正合爱玛的意。一切都被洗净，看上去焕然一新。空气也格外清新，充满生机。就算现在没有什么重要的事情要做，在这样的天气里，她也很乐意到外面走走。

爱玛很认真地寻找线索，以至于一辆汽车按着喇叭呼啸而过，她都没有注意到。还好顺蕊抓住了她的大衣，把她从路边拉了回来。

"对不起啊。"爱玛不好意思地笑笑，"谢谢了，我得注意着点。"

跟着管道地图走并不容易。就像艾登之前说的，水管在房子下面。很显然，她们不能走到每栋楼或者商店里，再请求到地下室去看看。她们只能希望目标之物在更为明显的地方。

一会儿她们来到一堵墙前面，或者建筑物的边上，无路可走只能绕道而行；一会儿她们到了路的另一边，还得先弄清楚自己在哪里，才能开始找主水管。

"不知道我们看到了没有。"一小时后顺蕊说。

"我的脚好痛。"爱玛坦言道。

"李强跟我们说这个方案的时候，听起来好像很合理。"

"我们只能继续找了。而且，我们的任务已经比男孩们简单了。"爱玛说。

艾登和李强的调查从污水处理厂开始，那里离家更远，他们要走更远的路才能开始工作。

女孩们走到一条购物街的时候，天上响起低沉的雷声。她们一抬起头，雨就下起来了。

雨很大。

冰冷的雨滴打在脸上很疼，她们赶紧找了一个公交站躲雨。公交站只有一个金属棚顶，还有几张累了可以坐在上面的长凳，但已经够遮风挡雨了。大滴大滴的雨打在薄薄的金属棚顶上。

爱玛和顺蕊尽量往后靠，溅起的水花轻轻打在她们的腿上。爱玛小心地朝外望去。

"那边很晴朗。"她说，"风从西边吹来，所以不会下很久的。"

"等待的时间总是最漫长的。"顺蕊说。她们又向后躲了一点，等着雨停。

过了一会儿，顺蕊皱起了鼻子。

"你闻到难闻的气味了吗？"

"闻到了。"这是类似厕所的臭味，爱玛又四处看了看。天上的云已经慢慢亮起来了，就好像太阳正在另一边敲门，想要进来。"我们走吧！"

她们才走了两步，顺蕊就叫道："哎呀！"

她看着自己的脚。

"我踩到了一摊……东西。"

爱玛低头看顺蕊的鞋子。她正站在一摊油乎乎的脏水里，那看上去不像是正常的雨水，它的流速和雨水不同。

地面看上去是平的，但如果观察水的流向，就会发现地其实并不是平的。地上有一些小小的凹陷和洞，水总是第一个发现它们。油油的脏水朝四面八方流去，这让爱玛想到了章鱼，它们在移动身体之前，总会伸出一只触手来探探路。

顺蕊的鼻子又皱起来了："我觉得……味道是从这里出来的……"

突然，顺蕊警惕地叫了起来。她赶紧坐回到公交站的长椅上，双脚抬离地面。

"爱玛，我觉得是厕所水！"

第 二 十 一 章

看不见的网络

爱玛也跳了起来。当她意识到自己并没有站在污水里时,又慢慢朝前走,侦查情况。

太难闻了,爱玛的脸都拧成了一团。这像是在炎热的天气里,拥挤的公厕散发出来的味道。

"闻起来很像是污水。"爱玛也说。

顺蕊惊恐地盯着流动的液体。

"所以,你觉得这是感染的源头吗?"

爱玛想了想,不一定。这是她的答案,因为这也有可能是从排水管里溢出来的。就算是从下水道里流出来的，也不一定意味着它污染了干净的水。城市规划师应该用了很多心思确保这样的事情不会发生。

"如果真的是你说的这种情况，"爱玛又说，"我们必须去看看它是如何流进干净的水里的，或许我们应该找到污水的源头。"

顺蕊从座位上站起来，跳过污水，站在人行道上。那里只是湿湿的，没有污水。她们看着污水，就像是在看一头野兽。它虽然在沉睡，但一旦醒来，就很危险。

"有可能通过呼吸感染吗？"顺蕊问。

"应该不会，但还是别冒险了。"

她们从口袋里拿出口罩，遮住口鼻，把套耳绳挂在耳朵上。

然后她们跟着污水往回走，试图找到源头。

一开始，她们回到了街上，一路上有不少具有欺骗性的线索，污水的"触手"伸向四面八方。有时候她们以为自己找到了源头，但那只是另一个"触手"。她们之所以能分辨出这一点，是因为"触手"还在生长、移动，寻找新的地方散播病毒。

最终，她们来到了一个停车场。这是一片宽阔平坦的柏油路，在黑黑的地面上，很难看清水是从哪里流出来的。

爱玛抬起头，发现她们不用再追踪污水了。

"就是那儿。"她说，"看，那里。"

女孩们急忙朝那个方向跑去。在那里，她们的脚下是一个铁制的下水道井盖，用来方便工人进入下水管道检查。

"这又勾起回忆了。"顺蕊感慨地说，爱玛勉强挤出一丝微笑。地震发生之后，她们不得不从一条下水道里爬出来。走在黑暗的下水道里的时候，她们一直在担心随时可能冲过来的洪水，她们就是推开了一个类似这样的井盖才出来的。

爱玛想起井盖并不大，但非常重，很难移动。尽管如此，水还是找到了出路。它通过井盖上的气孔冒了出来，流到了井盖的边缘。井盖比路面低大概半厘米，上面有浅浅的污水，正向各个方向流去。

"下水道一定是堵住了。"顺蕊说，"可能有什么东西被雨冲了下来，卡住了。"

"或者雨水太多，管道都塌了。"爱玛猜测。

"不管怎么样，污水就是从这里出来的。为什么没有人发现？"

"或许只有水很多的时候才会出现这种情况。"爱玛猜测。

"比如，大雨之后。一般情况下，水可以通过堵塞的位置，但如果水太多，就会倒流……"

"爱玛！顺蕊！"

听到喊声，女孩们抬起头来，看见艾登和李强在停车场的另一边，靠近草地的地方，正在朝她们挥手。

第 二 十 二 章

跟着主水管走

艾登和李强抬头看着污水处理厂。

"上次我来的时候,"艾登苦笑着说,"是坐爸爸的车。那时我都没意识到坡有这么高。"

男孩们走了一个小时,才到达这里。艾登记忆中的建筑群,包括处理所有污水的那栋大楼,都在五十米外的金属栏杆后面。

通向处理厂的路微微上坡,这种坡艾登一般不会注意,但现在他的腿已经很累了。

"我想还得再爬一会儿。"李强说,"这样干净的水才能自然地流入城市。这比用水泵有效率多了。如果可能的话,水总是往下流的。"

"可能吧。"艾登心情沉重地表示同意,"把地图给我看看。"

要进入污水处理厂的话,一般是走到路的尽头,再穿过交通护栏。但他们不打算这么做,因为没有意义,那不会是泄漏的地方。他们都猜测,如果是在那里,工程师肯定马上就会发现的。

他们估计也没有人会喜欢看到两个男孩从马路上晃悠进来,宣布自己在找霍乱的源头。不管引起霍乱的地方在哪里,一定是在交通护栏的这一边。

李强展开地图。

"所以,水是从哪里流出来的?"

"我觉得……"艾登看看地图,又抬头看看处理厂,以确定自己的位置。他记得污水处理的最后一步是用紫外线杀菌，那是在处理厂大楼的尽头。所以，水会不会从那里直接流向市里呢？

过了大楼，在护栏的另一边，长草的堤岸一直向城市延伸。那就是我要找的东西了，艾登心想，如果水管必须暴露在地面上，这显然是掩盖它的最好方法。仿佛是为了证明这里就是主水管的位置，堤岸上还有一个混凝土堆砌的检查口。

"可能是这边。"艾登笑着说，李强看到艾登指的方向后，也开心地笑了。

"肯定是了！"李强说。

男孩们爬上草坡，艾登的脚突然滑了出去，他们都没想到草地会如此湿滑。

"哇！"还好艾登及时用手撑住了，要不然他就要摔个"狗吃屎"了。

"你还好吧？"李强从上面问道。

"还好。"艾登嘟囔着说，"应该穿防滑鞋的，就像贝尔·格里尔斯常说的。"

他在裤子上擦了擦湿了的手，然后和李强一起沿着堤岸前行。

第 二 十 三 章

水坑

李强和艾登沿着堤岸往前走。"我们在找什么?"李强问。

"任何形式的泄漏。"

"收到。"

一开始并不是很难。跟女孩们不同,他们不需要在建筑物周围搜寻。城市边缘的楼房不多,没有建筑物挡路,他们可以走直线。堤岸越来越低,直到和地面融为一体。

然后他们来到城外的主路上,来往的车辆飞速驶过，从左往右，从右往左，他们要找到一个人行横道才能安全通过。

过了主路后，他们要再次找到水管的位置。这下他们遇到跟女孩们一样的问题了，要在大楼之中找到埋在地下的水管，还必须得绕过建筑物。

半小时后，他们来到一个小花园里。李强看了一眼花园中央的喷泉，说："至少我们知道这附近有管道……"

突然一声响雷——就是女孩们听到的那一声，让他们猛地抬起了头。

"马上找个地方躲一躲吧。"李强说。他们奔向旁边的一座凉亭，刚进去雨就下起来了。艾登转身去看雨，目光落到了公园的另一边。他以前从没注意到真正的暴雨是如何移动的，公园的这一边差不多还是干的，另一边已经是倾盆大雨。他听到雨打在草地和砂石上的声音离他越来越近了。

雨水敲打着凉亭的屋顶，在他们面前倾泻而

下，他赶紧朝后退了几步。

"不知道女孩们还好吗？"李强兴致高涨地说，"希望她们能找到避雨的地方。"

"是啊。这种天气里谁都找不到泄漏的位置了。"艾登说，地上已经积了很多水，像小溪一样流动。他们无法分辨这水到底是来自天上，还是来自泄漏的管道，"就算我们发现了什么，也看不出区别了。"

"只能等了。"李强建议。

他们默默地等待着，直到暴雨停歇，才又出发了。

他们在接近公园出口的地方重新开始侦查的工作。公园建在地势稍高的地方，尽头是另一个草坡，草坡连着一个停车场。

他们站在高地的边缘，凝视着湿漉漉的柏油路面。在斜坡的底部，有一个巨大的水坑，大概有几米宽，占据了半个停车场，艾登猜想这应该是大雨留下的。远处的一角已经设置了围栏，让行人不要靠近，大坑旁有一些工人在用挖掘机进行维修。挖掘机上有一个长臂，长臂连着类似巨型铁锹的东西，机器下面有两条履带。

即使地震已经过去了好几周，但这样的场景依然经常见到。地上的裂缝仍在修复中，艾登能闻到刚铺好的柏油路的味道。他看到地上有一些深色的线，这是工人刚修复好的地方。他爸爸曾说过，修复工作是根据重要程度进行的，这就是为什么他们现在才来修停车场。

"我们继续往前走？"艾登说。

"当然。绕过去就行了……"李强指着水坑说。但他的话说到一半就停住了，他更仔细地打量起水坑。

"你看，好奇怪。"

"有什么奇怪的？"

"我指给你看。"

李强开始往草坡下走。

他肯定忘了之前艾登的遭遇。李强也跟艾登一样，没穿防滑的鞋子。这里的草沾满了水和泥，比之前的草坡还滑。

李强双脚朝天滑了下去，重重摔在地上。

"啊！"

李强的背摔在地上，差点喘不上气。还没缓过劲儿来，就又不受控制地滑到了坡底，直接掉到了水坑里。

第 二 十 四 章

自流井

"你没事吧?"艾登从后面跟了上来,努力不显露出什么表情。他不确定自己是应该大笑还是表示同情,他决定看看朋友的反应再说。如果李强笑了,他再笑。

李强从水坑里坐起来。他抬起一只脚,又放下,再抬起另一只脚,然后也放下了。他举起双臂,摇了摇手,好像这样能让他干得快一点似的。

"我湿透了!"他叫道。让艾登惊讶的是,他并没有马上站起来,而是弯下腰,认真地看着前面，好像裤子泡在冰冷的水坑里很舒服一样。

"看！从水的高度看更清楚。"

李强指了指，但艾登看不到他说的东西。李强慢慢地爬了起来，眼睛依旧盯着水坑里的一个点。在艾登看来，他像是在看一个害羞的小动物，不想把它吓跑。

因为李强的动作，水面泛起了涟漪，他有点恼火地咂了咂嘴。

"等一等就能看到了。"

他嘟嘟地朝前走了几步，双脚叉开，等着水面再次平静下来。

"那里！"他直指下方得意地宣布，这次艾登看见了。

在李强的双脚之间，水坑里面，有一个地方不合常理地凸了出来。水从那里流出来，这是一个透明的小圆顶，在水中跟下面的黑色柏油路一个颜色，不仔细看的话，很难看见。

"下面像是有一个小喷泉。"李强高兴地说，"这个大水坑肯定是从这里来的。你觉得这是我们要找的泄漏的地方吗？"突然，他的脸色大变，赶紧从水里跳了出来，"我不会是站在污水里吧？"

艾登仔细嗅了嗅，说："闻起来不像，你觉得呢？"他在水坑的边上蹲下，认真研究起来。努力搜寻记忆之后，艾登想起来之前听过这么一种东西，"可能是泄漏，也可能是自流井。"

"那是什么？"

"当地下水的自然水位高于地面时，地下水就会从地面流出。"

"但是他们不会在自流井上建一个停车场吧？"李强反对道。

艾登的笑容在脸上绽开："我觉得他们不会。我觉得主水管肯定是因为什么原因破裂了，可能是地震引起的，这就是水流出来的地方。

李强的眼睛亮了起来。

"我们找到了？把自己搞得又湿又冷也是值得的！"

"嗯……"艾登站起来，手在裤子上擦了擦，"我们是发现了些什么。"他环视了一圈停车场，脸皱成一团思考起来，"我的意思是，你不会直接喝柏油马路上的脏水，就算你喝了，也只会肚子疼，不会得霍乱。

"所以，污水到底是怎么流进去的？"李强问。

"这就是问题所在，我也不知道。"

这时，艾登的脸上露出了笑容，他看见爱玛和顺蕊在停车场的另一边，她们还没看到他们。女孩们的眼睛盯着地面，像是在追踪一只行动缓慢的昆虫。

"爱玛！"艾登挥挥手，"顺蕊！"

第二十五章

致命的水流

　　他们在停车场中间会合，顺蕊和爱玛一看到李强就哈哈大笑起来。

　　"你湿透了！"顺蕊喊道。

　　"是吗？"他装出一副正经的样子，也没低头看看自己，就说，"我都没注意。"

　　"我们可能……"爱玛和艾登同时说，他们都停了下来，看着对方，等待对方继续说下去。

　　"找到了什么。"他们又异口同声地说。

　　"在那边。"李强说，"那边有一水坑干净的水。"

"在李强掉进去之前是干净的。"艾登补充道，李强假装给了他一拳。

"我们觉得这水来自主水道上的裂缝。"李强说完了之前的话，"你们找到了什么？"

"我们找到了从下水道溢出的污水。"顺蕊说。

"啊，真的吗？你们太幸运了。"李强说。

"然后，你们俩都站在污水里。"爱玛说。

男孩们一起朝不同的方向跳了起来。

有一条很细的水流正流过停车场。

"什么？这个小东西？"过了一会儿艾登问，它还没有几根指头粗。

"我们从那个下水道井盖那里跟过来的。"爱玛说，"我们想知道它会流到哪里。"

"我可以告诉你。"李强严肃地说，"它直奔那个水坑而去。"

其他人顺着他手指的方向看去，李强是对的，那只是地上很小很小的洞，小到哪怕地面是干的也看不到。但是足够深，污水可以找到它。

"所以……"顺蕊说出了大家的想法，"污水就是这样流入饮用水里的？"

李强看看地上的水流说："好少的水啊。"

"细菌很小的。"顺蕊指出，"这里面可能就有数百万个细菌。"

慢慢地，污水越来越接近干净的水了。

"呃……"李强指着污水说，"我们不试着阻止它吗？"

说完，李强一脚踩在水里。水流停了一会儿，然后在他的鞋边聚集，流过鞋底，继续前行。

大家无计可施了，开始四处寻找能挡住水流的东西。一定程度上，这是在浪费时间，爱玛心想，城里的每个人都知道不能直接喝水龙头的水了。他们应该通知有关部门，让他们来处理这个问题。

但这就像看着即将发生的交通事故。你可能无法阻止所有事故，但你可以阻止眼前即将发生的。

爱玛无助地四处搜寻，想找到任何可能适合的东西。

然后她看到了。

"我知道！这边！"她一边说，一边跑了起来。

第 二 十 六 章

在正确的地方挖沟渠

其他人很快就知道爱玛要往哪里跑，都跟了上去。

工人们仍在停车场的另一边干活，挖掘机正在刮走在地震中裂开的柏油。裂缝补齐后，再用新的柏油填补进去。

看到四个年轻人跑过来，看上去是领班的那个人惊讶地抬起头，举起一只手示意他们停下："小心！不要靠近机器。"

"您是负责人吗？"爱玛气喘吁吁地说。他露出友善的笑容说："没错，我是。"

"你能修好漏水的管道吗？"

他笑了，其他的几个工人也笑了起来。

"你可能需要找水管工来处理这个问题。"他建议说。

"是主水管在漏水。"顺蕊说。

"还有污水溢出来了。"李强。

"然后它们马上就要混在一起了。"艾登将手指缠在一起作为演示。

领班的笑容变成了困惑。

"你们到底在说什么？我们要继续工作了……"

"是霍乱！"爱玛终于理出了头绪。领班的笑容僵住了。

"霍乱怎么了？"他简短地问。

"引起霍乱的原因是污水流入了饮用水……"爱玛指指他们来的地方，"我们知道源头在哪里！"

领班脸上的笑容完全消失了。

"这一点也不好笑，我母亲也生病了。"

"现在就要流过去了……"艾登说，四个人都指向同一个地方，"那里！我们可以带你去看！"

"关于您母亲的事情，真的很抱歉。"李强又补了一句。

领班皱起眉头："如果这是恶作剧，你们就有大麻烦了。"他从围栏下面钻了出来，"带我去看看。"

过了一会儿，领班蹲在水坑旁边，仔细打量着水中央冒泡的自流井。

孩子们急得就要上蹿下跳了，但他们知道不能催促领班。如果惹恼了他，他可能就不相信他们了。

离污水只有两米远了。

领班直起腰。"从下水道里流出来的污水在哪里？"他问，爱玛和顺蕊迅速指了出来。他顺着她们的手看过去，寻找源头。

领班朝下水道井盖的方向走了几步，双手叉腰站在上面。

他自言自语地嘟囔了几句，然后把手指放进嘴里，朝其他工人吹起了口哨。

"把挖掘机开过来，现在！"他大叫着。

柏油路上，一个工人驾驶着挖掘机过来了。领班从口袋里拿出一个喷雾罐，在空中挥舞一番之后，污水前面的柏油路上喷出了一条黄色的线。

"就是这里。"他命令道，"孩子们，往后退。"

四个好朋友听到指令都朝旁边躲开。只见挖掘机的铲斗升到了空中，然后砸到地上。金属做的斗齿砸进柏油路和柏油下面的泥土，毫不费劲地在水流前挖出了一条沟渠。这条沟渠有浴缸那么大。

水流流到了新挖的洞边……然后顺着边缘流了下去，它不会流到水坑那里了。

"填满这样一个洞需要好几天。"领班满意地说，"到那时候水管也修好了。干得好，你们几个。我

瘟疫求生知识五

　　发现污染的源头以后，要想办法及时阻断。不要忘了向周围的成年人求助。

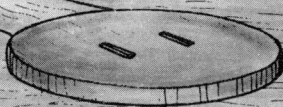

们现在要跟负责下水道的部门汇报一下情况，让他们来解决这个问题。"

他转向手下的工人，马上开始组织他们进行意料之外的新工作。

孩子们就这么站在原地，看着对方。

"哇，"爱玛说，"我们刚才，真的，阻止了霍乱的暴发吗？"

"今天早上起床的时候，我可没预料到。"李强表示同意，他看看自己，又说，"我也没料到会穿着湿透了的、冰冰凉的裤子和底裤。这太不舒服了。你们不介意的话，我要回去换衣服了。"

第 二 十 七 章

敬你们四个！

"敬你们四个！"

蒂姆·托马斯举起装满饮料的杯子，四个好朋友和苏也举起自己的杯子回应。

蒂姆和苏带着他们出去庆祝。之前因为霍乱，所有餐厅都关门了。现在疫情结束，餐厅又重新开业了。

"你们做得太好了。"苏说。

"我相信其他人最终也会发现泄漏的。"爱玛谦虚地说。

　　"是有人注意到了。"苏说，"其实，卫生部门的人告诉我们，当时他们派出的维修队已经在路上了，不过你们的方法更快，让大家提前几小时摆脱了疫情的威胁！"

　　"那就是说，卫生部门早就发现问题所在了？"艾登问道，"也是通过地图线索吗？"

　　"我想是的，"苏解释说，"毕竟他们的人更多，也更有经验。他们告诉我，之前的地震给管道施加了一些压力，只等机会释放。就在同一天的晚些时候，雨下得很大。下雨的时候，泥土变得潮湿，不那么坚硬了，这就是释放压力的机会。地面上轻微的移动，足以让水管裂开小小的口子。

　　"所以就有了水坑。"蒂姆说，"大雨也让污水溢了出来。"

　　爱玛在脑子里思考着这些问题，然后说："污水一直流到水坑……"

　　"带着细菌。"顺蕊说。

"然后雨停了，水流就干了……"李强补充道。

最后的部分由艾登来说："但是损害已经造成了！少量的细菌进入了饮用水里，这就是为什么疾病没有大规模暴发，并不是所有的水都受到了污染。"

"你说的完全正确。"蒂姆说，"同时，有些被污染的水只是用于做饭，煮沸后，细菌就被杀死了。有的污水用于清洗，不会进入人体，而是用肥皂洗过之后冲进了下水道。但有很少一部分的污水，从水龙头里流出来，就被人直接喝了下去。那些人也因此得病。"

"但这样的事偶尔才发生一次。"顺蕊意识到，"所以并没有出现斯诺医生那个年代那样的大规模感染。"

最后几片拼图也找到了，大家弄清楚了事情的来龙去脉。

"疫情持续的时间也不长。"艾登说，"泄漏地区的卫生警报已经解除了。"

"这就是所谓的'完美风暴'。"蒂姆说,"很多小事出了问题,也不是任何人的错,但加在一起就变成了大危机,也就造成霍乱的暴发。"

"不管怎么样,在这个城市生活还是安全的。"爱玛高兴地说,"知道这个就好。"

朋友们再次互相干杯。然后艾登注意到爸爸妈妈互相交换了一个眼神,一个并不开心的眼神。"怎么了?"他问,眼睛怀疑地眯起来,"这里很安全,对吧?"

"哦,是的,很安全。"苏同意地说,"只是……"她看看蒂姆。

"我们在这里住不了多久了。"蒂姆说。

一阵沉默。

"我们一直知道我们会搬家。"最后爱玛开口了,"但没想到这么快。"

"本来是不会的。"蒂姆告诉爱玛,"但是已经提上日程了。我们要去的地方，需要一些相关专家。对不起，孩子们，我们今天早上才知道的。"

朋友们互相看了看对方。

"好吧。"李强心情沉重地说，"很高兴认识你们。"

"别这样！"爱玛说，她捏了捏李强的手，说，"大家可以保持联系嘛，我们又不是消失到世界的另一边了。"她回过头看着父母，"我们要去到哪里去呢？"

"中国的北部。"苏说。

"我们还在同一个国家呢。"艾登试图往好的方向想，"你们可以来找我们玩呀。"

"是可以，"顺蕊难过地说，"但肯定跟现在不一样了。你们俩来了以后，我们经历了地震、火灾和霍乱。你们走了以后，我们都不知道干点什么好了。"

"你别说，这倒是真的。"李强又高兴起来了，

"或许还会有有趣的事情发生!"

"所以,你们要去做什么工作?"顺蕊问。

"我们要在长白山开发地热,利用地热发电……"苏回答说。

"大山耶!"顺蕊意味深长地说,然后推了推李强。

"噢!山!"他兴奋地说,"让我想想……会有山体滑坡?"

"别忘了山有多陡。"顺蕊提醒他。

"可能会有巨大的暴风雪将你们与文明隔绝。"

"停电。"

"糟糕的电视信号。"

"我们还是待在这里为好,对吧?"顺蕊和李强碰了碰对方的玻璃杯。

"切,得了吧。"爱玛知道他们在开玩笑,他们会非常想念对方的。她伸出双手,一边一只,朋友们手拉手围成一个圈。托马斯一家得知霍乱暴发时，也是这么做的。

"苏和我去过很多地方。"蒂姆说，"我们学到的重要一课就是，不要停滞不前。世界在变化，你也要跟着变。中国是怎么变成世界上最富裕的国家之一的？因为她没有困在过去。不断前进就像成长一样，有的时候令人生畏，但永远值得一试。"

"好啦，"艾登最后一次举起杯子，"敬不断前进。敬未来！"

"敬不断前进！"大家附和着，一起碰杯。不论未来会将他们带到何处，他们都要为不断前进而庆祝。